한학성의 시, 시조, 하이쿠

점 위에 내가 있다

한학 성 시집

채륜서

나는 시에 대해 알고 싶지 않습니다

대해서 아는 것은

진정으로 아는 것이 아닙니다

나는 시를 알고 싶을 뿐입니다

시를 안고 싶을 뿐입니다

시와 하나가 되어

나 스스로

시가 되고 싶을 뿐입니다

차례

제1부 시

제2부 시조

제1부

시

연꽃 위 예수님

연꽃 위에 앉은 부처님
가만히 보니
물 위를 걷던
예수님이시로구나
물 위를 걷다
연꽃 위에서
쉬고 계시는구나

와상설교

거짓말 잘 하는 자는 복이 있나니
부귀영화가 그대 것이라
세상 법은 언제나 큰 거짓말하는 자들의 편이니

다 해 놓고도 안 했다 하는 자는 복이 있나니
돈과 권력이 그대 것이라
그대는 그저
흔들림 없이 필요한 말만 하면 되느니라
아니다 모른다 기억에 없다 하면 되느니라

한 입으로 두 말하는 자는 복이 있나니
세상이 아무리 바뀌어도 무사하리라
그대는 그저
영혼이 무어냐 영혼이 무어냐 하면 되느니라
아니다 모른다 기억이 나지 않는다 하면 되느니라

거짓말 못하는 자는 복이 없나니
어느 세상에서건 편안치 못하니라

그대는 어찌 내 말을 믿었느냐
그대는 어찌 내 말을 곧이 들었느냐
오호통재 오호애재
세상의 진실은 거짓말이니라

(『문학나무』 2017년 겨울호에 수록)

D선생의 인문학

D선생, 인문학이 뭡니까?

인간이 뭔지 묻는 학문이지.

인간이 뭡니까?

하버드대학의 누구는 뭐라 했고,

옥스퍼드대학의 누구는 뭐라 했지.

하버드, 옥스퍼드 한다고 내가 D선생 아닌가?

그래 인간이 뭡니까?

뭐라뭐라 말한 옛철학자도 있지.

이러저러 말한 옛성현도 있고.

그래서 인간이 뭡니까?

누가 또 뭐랬더라?

그런데 그건 왜 묻나?

인문학이 뭔지 알려고요.

자네는 그저 나만 따르면 돼.

그러면 나같은 대인문학자가 될 수 있지.

○

　　D선생, 어느 대학 교정에

　　컬럼비아대학 모교상과 똑같은 게 서 있다는데요.

　　그런 걸 표절하는 학교가 다 있나?

　　천박한 것들. 논문 표절도 모자라서 . . .

　　그런데, 그 학교가 어디인가?

　　설마 우리 학교는 아니겠지?

　　우리 학교라면, 조금 전 내가 한 말 취소하겠네.

　　논문 표절은 어떻습니까?

　　누가 했느냐가 문제이지.

　　남이 했으면 도둑질이고,

　　내가 했으면 빌려온 거지.

　　인간이 다 그런 거 아니겠나.

　　남이 하면 불륜, 내가 하면 로맨스.

　　그 말 참 명언이야. 그게 인문학의 묘미지.

　　거 봐. 나는 이혼과 결혼을 반복해도 늘 로맨스였잖아.

그게 다 인문학을 한 덕이지.

인간이 뭔지를 묻고 또 묻는 인문학을 한 덕.

그래 인문학이 뭡니까?

자네 아직 못 깨달았군.

내가 하는 말 흉내 내다 보면, 자연히 깨닫게 되지.

그 친구 알지? 내 흉내 내다 한 자리 차지한 거...

중요한 건 자네가 실제로 어떤 사람이냐가 아니라,

남들이 자네를 어떤 사람으로 생각하느냐야.

이거 케네디대통령 아버지가 자식들에게 강조한 말
일세.

진짜가 중요한 게 아니라,

남들이 어떻게 생각해주느냐가 중요한 거라고.

그 속에 모든 인문학의 진리가 숨어 있지.

잘 새겨봐.

변변한 자리 하나 잡으려면.

나처럼 3대에 걸쳐 총애를 받으려면.

아 참, 진짜들이 가끔 있는데, 그건 걱정할 것 없네.

진짜는 늘 소수야. 자네가 나서지 않아도,

다른 이들이 언제나 진짜를 밀어내주지.

얼마나 좋은 세상인가?

자네는 그저 그럴 듯한 말만 하고 있으면 돼.

그러다 결정적 순간에 힘 있는 쪽에 붙으면 되지.

자네니까 가르쳐주는 거야.

오늘 2차도 자네가 사는 거지?

인문학을 하려면 3차까지는 가야 하는데,

요즘은 참 낭만이 없어. 인문학의 위기잖아.

D선생, 그런데 박사학위가 필요할까요?

자네 아직도 내 말을 못 알아듣는군.

박사학위도 남들이 있다고 생각만 해주면 되는 거야.

진짜 있느냐는 중요하지 않아.

신정아는 그걸 잘 못해서 탈이 난거지.

나는 걱정 없어.

모두들 내가 박사학위 있다고 생각해주거든.

박사학위가 있다는 겁니까, 없다는 겁니까?

자네 아직 멀었네. 내 경지에 이르려면.

그 친구는 그래도 반쯤은 따라 왔는데 . . .

인문학은 인간이 뭔지를 묻는 학문이야.

대답은 할 필요가 없어.

묻기만 하면 돼.

묻기만 하면 되는데, 무슨 학위가 중요한가?

남들이 있다고 생각해주면 그만이지.

그러지 말고 한 잔 들게.

술자리에서 쓸 데 없는 거 묻는 게 아니야.

인문학은 그런 게 아니라고.

인문학은 인간이 뭐냐고 묻는 거지,

다른 거 묻는 게 아니라니까.

가끔 인간을 묻어야 하기는 하지만.

그런데 3차는 어디로 갈 건가?

예전에 간 그 집보다 좀 더 익사이팅한 데 없나?

아주 낭만적인 데 말이야.

인문학을 하려면 제대로 해야 하는데,

요즘은 정말 인문학이 위기야.

(『문학나무』 2014년 겨울호에 수록)

얄리얄리얄랑셩 얄라리얄라

청산에 드니
청산별곡의
얄리얄리얄랑셩 얄라리얄라
절로 나누나
절로 이누나

숲에서 이는 얄리얄리 소리
내 안의 나를 휘젓는고나
태곳적 그곳으로 나를 인도하는고나

들리는고나
아리아리아리랑 아라리아라
청산별곡의 아리아리아리랑 소리
들리는고나

생생하고나
아리아리아리랑 아라리아라
아리아리아랑성 아라리아라

청산별곡의 아라 소리
들리는고나

*2014년 새해 무렵 청산별곡의 '얄리얄리얄랑셩 얄라리얄라'
라는 말이 '아리랑'이라는 말과 관계가 있지 않을까 하는 생각
이 불현듯 스쳐갔다. '얄리얄리'는 '아리아리', '얄랑'은 '아랑'
혹은 '아리랑'과 닮아 있기 때문이다. 그렇게 보고 나니 '얄라
리얄라'는 '아라리아라'가 된다. 남는 것은 '얄랑셩'의 '셩', 즉
'성'인데, 이 '성'은 무슨 뜻일까? '소리'라는 '성聲'일까? '남한
산성' 할 때의 '성城'일까? 즉, '얄리얄리얄랑셩'이 '아리아리

아리랑 소리'라는 뜻일까? '아리아리 아랑성'이라는 말일까? '얄랑셩' 대신 '얄라셩'이라고도 했으니, 이때의 '얄라'는 '아라'를 뜻하는 것이 아닐까? 즉 '얄리얄리얄랑셩'은 '아리아리 아리랑 소리' 혹은 '아리아리 아랑성'을 뜻하고, '얄리얄리얄라셩'은 '아리아리 아라 소리'를 뜻하는 것이 아닐까 하는 생각이 든다.

·
점 위에 내가 있다

점 위에 내가 있다
시간의 점, 공간의 점 위에 내가 있다
나, 그 어느 한 점에 머물고자 해도
다른 한 점이 나를 그대로 두지 않는다

점 사이에 내가 있다
시간의 점 사이, 공간의 점 사이에 내가 있다
무릇 삶이란 그 사이들을
흐르고 또 흘러가는 것이니
나, 아무리 어느 한 점에 머물고자 해도
그것은 결코 주어지지 않는 것이라

나, 점 밖으로 나가지 않는 한
나, 점 위로 날아오르지 않는 한
나, 점들 사이에 갇혀 있을 뿐이니

나, 아무리 머물고자 해도 머물 수는 없는 것이다

내가 죽어 없어진다 해도

나, 어느 한 점에 고요히 있을 수는 없는 것이다

나, 그 수많은 점들 사이에서

속절없이 흔들리고 있을 뿐이다

(『문학나무』 2017년 겨울호에 수록)

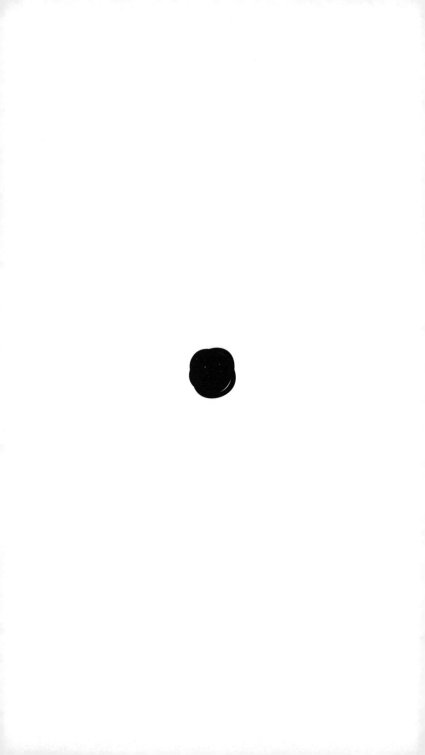

구두점

구두점에서 삶을 배웁니다

마쳐야 할 때 마침표를 찍지 못하는

어리석음을 깨닫습니다

삶에서 필요한 것은 쉼표임을 깨닫습니다

말을 참지 못해 할 때

말없음표의 지혜를 생각합니다

삶에서 가장 중요한 것이

마침표와 쉼표임을

그 외에는 모두 말없음표여야 함을

깨닫습니다

그 크던 초등학교 운동장

그 크던 초등학교 운동장

이제는 너무 작다

그 높던 하늘 낮아 보이는 것도

나 어른이 되었기 때문이겠지

세월의 바다에 더 잠기면

낮아진 저 하늘마저 못 보게 되겠지

얼마나 더 작아져야

그 높던 하늘 다시 보일까

그 크던 초등학교 운동장

또다시 보고 싶다

진실

외롭다 외롭다 한들
진실만큼 외롭겠느냐

진실은 늘 홀로이다
보고도 못 본 척
다들 외면하며 지나가니까

우리는 그저 익명의 진실만을 좇을 뿐이다
바로 옆 진실은 외면하면서

진실에게는 오직 먼 나라 익명의 친구만 있을 뿐
진실은 늘 홀로이다

거짓은 언제나 수많은 친구들로 둘러싸이고
진실은 늘 홀로이니

진실은 홀로 아파할 수밖에 없다

그리고 사마리아 사람은 끝내 나타나지 않는다

법의 눈물

법에도 눈물이 있다는 그 말
사실은 법도 눈치를 본다는 말이더라
법 굴리는 치들이 눈치를 본다는 말이더라
그들의 법치란 그런 것이더라

영성체

성찬전례 중

한 여인

성체를 받아들고

꼼짝 못하고 있다

손을 움직일 수 없는 그 여인

성체를 받아들고

꼼짝 못하고 있다

그때

나는 하느님께서

그 여인을 붙드시는 것을 보았다

영성체가 무엇인지

그때 나는

처음 보았다

성령봉송

올림픽 성화봉송 행렬을 보다
내가 성령봉송인임을 깨닫습니다
그 성령 꺼뜨리지 않아야 하는
그 성령 온전히 담아야 하는
그런 그릇임을 깨닫습니다
우리의 삶이
성령을 봉송하기 위함임을
깨닫습니다

담배연기

담배연기여
너를 있게 한 그 사람 속으로
아름답게 들어가라
그 사람 밖으로 나오지 마라
그 사람이 너를 그만큼 사랑하느니

그 사람은 너의 창조주
너도 그를 사랑해야 하거늘
그 사람 속으로 남김 없이, 틀림 없이 들어가라
그와 함께 영원토록 머물라

오병이어

1960년대 그때 우리나라는 너무 가난했습니다
배곯는 사람들이 너무 많았습니다
다섯 십년이 지난 지금
우리나라는 그때 그 나라가 아닙니다
그 시절을 지나온 나는
오병이어의 기적을 깨닫습니다
예수님의 그 기적을
나는 내 눈으로 직접 본 것입니다
거짓예언자가 누구인지도 나는 알게 된 것입니다

책

어느 날 책이 알게 되었습니다
자기가 종이임을
종이와 잉크로 이루어졌음을
그리고는 뽐냅니다
아, 나는 참 많이 알고 있구나

책은 누가 자기를 있게 했는지 모릅니다
그런 생각 자체를 하지 못합니다
그러면서 다 아는 줄 압니다
자기가 최고인 줄 압니다
꼭 우리 같습니다

안다는 것

안다는 게 무언가요
예 할 것과 아니오 할 것을
안다는 거지요

예 할 것은 예 하고
아니오 할 것은 아니오
한다는 거지요

예 한 것은 예 했음을
아니오 한 것은 아니오 했음을
안다는 거지요

그게 왜 그리 어려운 걸까요

주어가 없단다

BBK인지 무언지
만들었다곤 했는데
주어가 없단다

주어가 없으면
그렇다 해놓고
아니랄 수 있단다

그것들 . . .
"사랑해"라고도 했을까

주어도 없고
목적어도 없는 그 말
그것들은 무슨 맘으로 했을까

언제든지

"나 널 사랑해"

그 뜻 아니었다 하려고

그 말 한 게로지

NGO

누가 물었습니다
NGO가 "난 가번멘탈 오르가니제이션"인지
"넌 거번멘털 오르거니제이션"인지

내가 대답했습니다
친정부기구이면 "난" 가번멘탈 오르가니제이션이고
반정부기구이면 "넌" 거번멘털 오르거니제이션이라고

둘 다 진짜 NGO는 아니라고
둘 다 똑같이 놀기만 하고 돈만 좇는
논 오르거니제이션
돈 오르거니제이션이라고

그걸 감추기 위해 엔지오라고 부르는 것이라고
내가 그렇게 대답했습니다

Money

질문 있습니다
'money'는
'머니'입니까
'마니'입니까
글쎄요
분명히 해야 하지 않겠습니까
한글이지 않습니까

'money'란
겉으로는 '머니머니' 하면서
속으로는 '마니마니' 하는 것이니
그대로 두는 것이 낫지 않겠습니까
역시 한글이지 않습니까

빌 클린턴

YS 시절 빌 클린턴이 왔다
둘이 함께 찍은 사진
Uncle Sam 옆의 Young Sam
미국 대통령은 젊어도 아저씨고
한국 대통령은 늙어도 어리고
구씨가 대통령이었다면
bill and coo했을까

가상고처영성고

이도령 이몽룡
노랫소리 높은 곳에 원성 높다고
가성고처원성고라고 했겠다
그가 만일 십자가 즐비한 여기에 있다면
십자가상 높은 곳에 영성 없다고
가상고처영성枯라고 하겠지
촉루락시神루락이라고도 하겠지

영혼 주머니

사람 안 어딘가에
영혼 담는 주머니 있다
어느 날, 도둑처럼 그 날이 오면
그 주머니 얼마나 채워져 있는지
달아 보게 되겠지
텅 비어 있을 내 영혼 주머니
그 주머니 생각에
내 몸 마디마디 소름이 돋는다
내 영혼 주머니 마디마디에도
소름이 돋는다

달

이 밤, 저 달을 봅니다
기울었다 차고, 차다가 기울기를 반복하는 저 달을

허구한 날 저 달을 쳐다보고 있은들
내가 저 달을 제대로 알 수 있을까요
저 달은 늘 내게 한쪽 면만을 보여주는데

저 달이 감추고 있는 반대쪽 면을 보지도 못하면서
내가 어떻게 저 달을 알 수 있을까요
그 반대쪽 면을 보기 위해
나는 지금 이곳에 있으면 안 됩니다
이곳을 떠나야 합니다
저 달이 내게 그것을 가르쳐 줍니다

왜 있으라 하지 않으셨나요

하느님께서 빛이 있으라 하시니

빛이 생겼습니다

낮과 밤도

하늘과 땅, 바다도

있으라 하는 하느님 말씀으로

생겨났습니다

해, 달, 별도

풀, 과일나무들도

그 있으라 하는 말씀으로

생겨났습니다

이 세상 모든 것은

있으라 하는 그 말씀 때문에

있는 것입니다

그런데 왜 하느님은

사람아 있으라 하지 않으신 걸까요

사람을 그 있으라 하는 말씀으로

있게 하지 않으신 걸까요

왜 우리 모습으로 사람을 만들자

하신 걸까요

있으라 하지 않고 만들자 하신

그 뜻이 무엇입니까

있으라 하셨으면

아드님을 보내지 않으셔도 되었을 텐데

왜 만들자 하신 겁니까

저희더러 그 뜻을 알아내라고

그렇게 하신 겁니까

(『문학나무』 2019년 가을호에 수록)

무의식

포맷한 컴퓨터에서 오늘날 인류를 본다

신화는 그 지워진 메모리의 흔적

무의식은 그 지워진 메모리의 잔상

초기화시킨 컴퓨터 앞에서

그 옛날 지워지고 만 인류의 기억들을 더듬는다

천재는 포맷이 덜 된 컴퓨터

그들은 순수 의식으로 되돌아가지 못한 것이다

(『문학나무』 2017년 겨울호에 수록)

고갱의 그림 앞에서

고갱의 그림 앞에 섰습니다
그림이 나에게 묻습니다
당신은 어디에서 왔소
당신은 무엇이요
당신은 어디로 가오

고갱에게 대답합니다
나는 말씀으로부터 와서
말씀으로 가오
말씀에서 와서
말씀으로 돌아가는 자
그것이 바로 나요

당신은 어떻소

고갱의 그림 속에서

나는 고갱의 대답을 마주합니다

삶

산다는 것은 기억을 만드는 것

삶은 곧 기억이로다

기억은 어디에 남는가

마음에 남노니

마음을 닦으라는 말

마음이 가난한 자는 복이 있나니 하는 말

그래서 하는 것임을 알겠노라

그래서 하는 말임을 알겠노라

무채색

색상이 없다고 무채색이지요

그런데 왜 하얀색, 검은색 하는 겁니까

하양, 검정은 색상인가요 아닌가요

없는데도 있는 거

거기에 세상 진리가 있습니다.

없으면서 있는 거

없음으로 있는 거

거기에 이 세상 가장 큰 진리가 숨어 있습니다

삼권분립

삼권분립
입법부 행정부 사법부의
분립이요 독립이렸다
국회의장 대통령 대법원장이
동격이라는 이야기렸다

대법원장
국회의장
지금 우리에게도 있지

그러나 그건 단지 이름뿐
그들은 기껏해야
대법원장관
국회의장관에 지나지 않을 뿐

그러면서 무슨 삼권분립인가
그러면서 무슨 삼권독립인가

장"관"이면서
"관" 자를 떼어놓고
"관"을 쓰고 으스대는 그들
그들에게 "관"을 선물해야겠다
11월 화툿장 오동으로 만든 "관"을
선물해야겠다

헌법재판소장관에게도
그래야겠다

(『문학나무』 2019년 가을호에 수록)

대한민국 수정헌법 제1조

헌법 제1조를 다시 씁니다

대한민국의 나랏글은 한글

나랏말은 한국어라고

입말 손말 얼말 한국어라고

대한민국의 국체는 바꿀 수 있어도

이 조항은 손댈 수 없습니다

절대로 손댈 수 없습니다

거시기 대학

선생들 중 거시기가 솔찮다
거시기가 거시기하니 참 거시기하다
거시기하면서도 안 거시기한 척
거시기도 아니면서 거시기인 척
거시기가 딱도 거시기하다
학생들 역시 거시기가 거시기다
거시기가 다 거시기하니 참 거시기하다
학교 안팎이 다 거시기 투성이니
진짜는 거시기할 수밖에 없다
학생도 선생도
진짜는 거시기할 수밖에 없다

가짜들뿐입니다

지킬 것을 지키자 하는 것이 보수이며
바꿀 것을 바꾸자 하는 것이 진보입니다

억지 보수는 나쁜 것도 지키려 합니다
억지 진보는 좋은 것도 바꾸려 합니다

그 둘은 겉은 다르지만 속은 같습니다
오직 자기 이익을 위해
진보질 하고 보수질 하는 것이니

좋은 것은 지키고 나쁜 것은 고치자 하는 사람은
보수도 싫다 하고 진보도 싫다 합니다

보수는 무조건 지키자고 해야 한다는 것입니다
진보는 무조건 바꾸자고 해야 한다는 것입니다

○

좋은 것을 더 좋게
나쁜 것을 더 나빠지지 않게 하자는 사람도
따돌림 당하기는 마찬가지입니다

그것이 하나도 이상하지 않습니다
가짜들은 언제나 진짜를 따돌림 하는 법이니
진짜는 가짜들에게 죽임을 당할 수밖에 없으니

득세하는 것은
나쁜 것을 지키자는 사람들뿐입니다
나쁜 것을 더 나쁘게 바꾸자는 사람들뿐입니다
언제나 가짜들, 가짜들뿐입니다

젊다는 것은

젊다는 것은 적다는 것이다
작다는 것이다
세상의 때가 엷어 작다는 것이다
무릇 큰 것이란
켜켜이 낀 때 위에 쌓아올린 것
그것을 감추려 짙짙게 화장한 것
때 엷은 젊음엔 화장이 필요없다
젊음은 민낯이 더 아름답다
모든 작은 것이 그러하듯
젊음은 민낯이 더 아름답다

내 아는 가장 작은 것보다

내 아는 가장 작은 것보다 더 작은 것이 있습니다
내 아는 가장 큰 것보다 더 큰 것이 있습니다
내 아는 가장 오래된 것보다 더 오래된 것이 있으며
내 아는 가장 새 것보다 더 새 것이 있습니다

내 아는 가장 낮은 곳보다 더 낮은 곳이 있으며
내 아는 가장 높은 곳보다 더 높은 곳이 있습니다
내 아는 가장 가까운 곳보다 더 가까운 곳이 있으며
내 아는 가장 먼 곳보다 더 먼 곳이 있음입니다
그 곳들에도 무언가가 있으며 누군가가 있음입니다

내 눈에 보이지 않아도
내 귀에 들리지 않아도
내 몸으로 느끼지 못해도
그들이 있음입니다

삶이란 필시 이것을 깨닫기 위함입니다
문명이라는 것도 역사라는 것도
결국 이것을 깨닫기 위함입니다

그것을 깨닫는 순간
우리 모두는
새로운 시작점에 서게 되는 것입니다
우리 모두
새로운 삶을 살게 되는 것입니다

제2부

시조

선비가

선비가 무엇이요 바른 말 하는 이요

내 목이 달아나도 할 말을 하는 이요

나와 남 가르지 않고 대의 편에 서는 이요

이 세상 시름들을

이 세상 시름들을 술잔에 털어 넣고
천 년 전 그 사람을 내 옆에 불러내어
주거니 받거니 하며 은하수를 타노라

혀화살가

이리 쏜 혀화살이 저리 쏜 혀화살이

언젠가 자기에게 되돌아 올 터이니

아이야 그 날이 오면 내로남불 말거라

낙상가

빙판에 미끄러져 슬개골 부서지니
두 발로 서던 시절 일순간에 꿈이로고
깨어라 죽음의 날도 꿈만 같이 닥치리

매미

밤 사이 매미 소리 너무도 서럽더니

아파트 방충망에 몸 벗고 떠나갔네

벗은 몸 영정만 같아 성호경을 그었네

기러기 가는 길에

기러기 가는 길에 한 잔하고 가려무나
가다가 길 잃으면 다시 오면 될 터이나
세상이 어수선하니 갈 곳 몰라 하노라

폭염예찬

한여름 무더운 날 찬물로 목욕하고
지옥불 지옥물을 머리에 떠올리니
불 같은 이 여름날도 축복임을 아노라

새해맞이

새해와 거년 사이 점 하나 차이로다
수많은 점 가운데 그 점만 특별해서
해마다 소동을 벌일 그 이유를 묻노라

낯선 새

저기 저 웬 낯선 새 나를 보고 호통치네

네 속을 난 아노니 네 앞 생을 난 아노니

아닌 척 하지 말라고 아는 척도 말라고

이 땅에 태어나서

이 땅에 태어나서 이제껏 살아보니
진짜는 어디에도 속하지 못함이요
가짜와 입술꾼들만 득의만만 하더라

고황산 연못에서

고황산 연못에서 불현듯 돌아보니

우골탑 옛역사가 한순간에 스치도다

공관엔 머저리 하나 술이 취해 있겠지

꽃샘추위

3월의 꽃샘추위 그것은 사랑이다

봄날이 그리워서 너무도 그리워서

불같은 너의 그 마음 한파 속에 숨겼도다

사람이 무엇이냐

사람이 무엇이냐 각각이 옹기로다

그 안에 욕심 담으면 저마다 오물단지

그 안에 사랑 담으면 모두가 보석상자

사람의 두 손

앞발이 진화되어 두 손이 되었으랴
앞발과 두 손 차이 하늘과 땅 차이로다
앞발은 두 손과 달리 하늘 향함 못하니라

앞발 땅에 있고 두 손 하늘 향하니
사람 본디 뜻이 하늘 향한 존재임을
그 두 손 우리들에게 알려주고 있음이라

사이비 인문학자

밥 하나 지을 줄도 모르는 화상들아
밥 짓는 방법 갖고 시비가 웬 말이냐
밥 되면 숟가락 들고 덤벼드니 웬 일이냐

밥 할 때 안 보이던 사이비 학꾼들아
밥 지은 사람에게 타박일랑 하지 마라
밥맛이 어떻네 하며 품평일랑 더욱 마라

밥 될 때 딴 짓하던 인문학 타령꾼아
밥상 위 저담준론 그만 하면 되었으니
저 쌓인 설거지 두고 도망일랑 가지 마라

청와대 앞길에서

온갖 거짓으로 그 곳에 들어서는
양상군자들과 한 몸이 되었구나
청와대 하늘 밑에는 죄만 가득 하구나

숨은 실세

청와대 수보회의 대통령은 그저 읽네

그 원고 써준 이는 어드메 있느메뇨

수석도 비서도 아닌 숨은 실세 누구요

월왕 경국가

달나라 임금님은 혀에다 기름 부어

말로만 번지르르 행동은 불고염치

극무능 극경박으로 경국지재 펼치네

* 불고염치不顧廉恥: 염치를 돌아보지 않음

* 경국지재傾國之才: 나라를 기울게 하는 재주

월국 유체이탈가

달나라 임금님은 툭하면 유체이탈
붕어 눈 멀뚱멀뚱 메기 입 실룩이다
괜스레 입 벌리고서 헛웃음질 쓱 하네

월국 할망가

달나라 왕비님은 몽중에도 기가 넘쳐

삶은 소 방둥이에 명품 옷 걸쳐 입고

혓바닥 낼름 내밀며 할망 말춤 춘다네

청막골 삽살개

청막골 삽살개는 달빛 쏘인 견공이냐

주인 집 식구에겐 길길이 으르르렁

양아치 날강도에겐 꼬리치며 응양양

탄여가

야당이 여당 되니 이 아니 좋을손가

안면을 몰수하고 한 입으로 두 말 하니

권력의 독주에 취해 유종지추 당하리

* 유종지추有終之醜: 유종지미有終之美, 즉 '유종의 미'에 반대

　되는 뜻으로 사용함

탄야가

여당이 야당 되니 앞길이 막막토다
저마다 제 살자고 저희끼리 칼질하니
음흉한 권력의 칼을 어이 피해 나갈꼬

정치인 말이라면

정치인 말이라면 한 귀로 흘려 듣소
저들은 언제든지 한 입으로 두 말 하니
그 입서 나오는 것은 반 푼 값도 안 되오

정치인 꼬락서니

정치인 꼬락서니 영락없는 광대로세

하는 짓 연기이며 하는 말 거짓이네

뒤로는 주판알 굴리며 온갖 비루 다 떠네

허평가

누군가 남북 쇼로 노벨상 받았었지
그래서 한반도에 평화가 도래했나
대 이은 핵위협 속에 우리만 인질됐지

판문점 놀음으로 평화상 받아본들
그것이 우리에게 평화를 주겠는가
북 수령 그대로 두고 어찌 평화 오리오

월국좌파가

월국의 좌파들은 주둥이 좌파라서

개혁은 말뿐이요 정의도 역시 말뿐

제 가족 제 잇속 위해 못할 것이 없더라

개골방자가

관악골 훈장 때는 개골개골 방자터니

달나라 들어서선 내로남불 오지도다

망나니 혀춤 추다가 인망가폐 하누나

* 인망가폐 人亡家廢: 사람은 죽고 집은 결딴남

멍판사

이 편은 항상 무죄 저 편은 항상 유죄

증거도 보지 말고 소명도 듣지 말라

오늘도 어느 멍판사 눈치 판결 하누나

* 위의 시조를 다음과 같이 바꾸어 「멍검사」로 만들 수도 있다.

이 편은 항상 무죄 저 편은 항상 유죄

증거도 보지 말고 소명도 듣지 말라

오늘도 어느 멍검사 눈치 수사 하누나

거짓과 진실 사이

거짓은 거짓이며 진실은 진실이니

그 둘 사이 있는 것이 진실일 리 없지 않소

진실도 못 알아보는데 진리 어찌 알겠소

보수와 진보

보수는 지킴이오 진보는 바꿈이라
바꿀 걸 바꿀 때에 바른 진보 되는 거고
지킬 걸 지킬 때에야 진짜 보수 되는 거요

바꿀 걸 지키자는 건 수구꼴통 보수이고
지킬 걸 바꾸려는 건 순사이비 진보이니
진정코 깨인 시민은 보수하며 진보하오

뻔뻔가

이 몸이 죽어 가서 무엇이 될꼬 하니
해운대 백사장에 똥작대기 되었다가
만설이 치점할 적에 독야뻔뻔하리라

＊ 만설萬舌: 만 개의 혀, 즉 모든 사람들
＊ 치점嗤點: 비웃고 손가락질 함

＊ 권력을 쥐고 나서 수오지심을 잃어버리는 사람들이 있다. 마지막 한 조각 수오지심마저 팽개친 권력자를 갖은 요설로 비호하는 사람들도 있다. 그런 사람들을 보면 측은한 마음이 든다. '독야뻔뻔'의 후안무치함과 비루함으로 「뻔뻔가」를 부르는 그들! 그들이 성삼문의 '독야청청'의 기개를 짐작이라도 할 수 있을까? 성삼문의 그 시조를 다시 읽어 본다.

　이 몸이 죽어 가서 무엇이 될꼬 하니

봉래산 제일봉에 낙락장송 되었다가

백설이 만건곤할 제 독야청청하리라

오상방위가

케이야 너는 어이 형법 교수 지내고서
계명구도에 네 홀로 비루한가
아마도 오상방위는 너만 몰라 하노라

* 계명구도鷄鳴狗盜: 비굴하게 남을 속이는 하찮은 재주 또는
  그런 재주를 가진 사람을 이르는 말. 중국 제나라의 맹상군
  이 진秦나라 소왕昭王에게 죽게 되었을 때, 식객 가운데 개를
  가장하여 남의 물건을 잘 훔치는 사람과 닭의 울음소리를 잘
  흉내 내는 사람의 도움으로 위기에서 빠져나왔다는 데서 유
  래함.
* 오상방위誤想防衛: 정당방위의 요건이 되는 사실, 즉 자기나
  타인의 법익에 대한 현재의 부당한 침해가 없는데도 그것이
  있다고 잘못 생각하여 행한 방위 행위를 말함.

* 서울대 법학전문대학원에서 형법을 가르치던 어느 교수는

살인과 관련된 오상방위 사례 문제를 두고 한 학생에게 "갑의 죄책은 무엇인가"라고 물었다고 한다. 그 학생이 머뭇거리며 "살인죄 . . ."라고 오답을 내놓자 그 교수는 "법률가는 조문에 근거해야 한다"며 훈계하고 이어서 형법전을 뒤적이기 시작했다고 한다. 한참을 찾아도 해당 조문이 나오지 않자 그는 "법전이 잘렸나. 이 법전이 파본인가"라며 혼잣말을 하였고, 학생들에게 "올해 현암사 법전은 다 파본이네, 다른 법전 가진 학생 없나"라고 물었다고 한다. 이 상황을 지켜보던 한 여학생이 "오상방위 조문은 형법전에 없는 것"이라고 말하자 그 교수가 불쾌감을 드러냈다고 하는 이야기가 전해지고 있다.

* 위의 시조는 앞의 일화를 이정보의 다음 시조에 덧대어 지은 것이다.

국화야 너는 어이 삼월동풍三月東風 다 지내고

낙목한천落木寒天에 네 홀로 피었느냐

아마도 오상고절傲霜孤節은 너뿐인가 하노라

＊ 어떤 사람들은 '케이'의 '케'를 이정보 시조의 첫머리에 나오
는 '국화'의 '국'으로 바꾸어 부르기도 한다.

제3부

하이쿠

1.

화장실 벽에

모기 하나 붙었다

뭘 보고 있니

2.

발을 멈춘다

내 그림자 끝에서

태초를 본다

3.

빈 둥지 하나
텅 빈 내 마음같이
넉넉하구나

4.

상 위 빈 사발
그 안에 머물렀던
숱한 존재들

5.

칠층석탑 속

석가모니 부처님

그 짙은 우수

6.

수백 년 고목

둘 사이를 잇는다

새순 하나가

7.

십자가 위에
매달린 나비 하나
부활이로다

8.

8월의 아침

9층 창에 벗어둔

매미의 육신

9.

가을바람이

잎새에 속삭인다

준비됐냐고

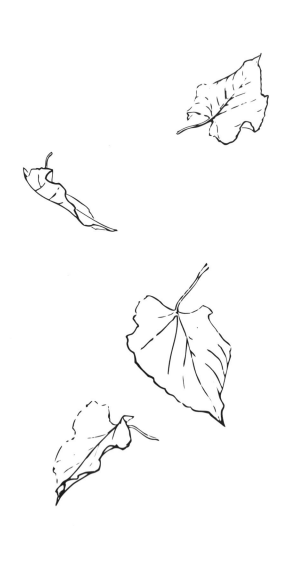

10.

속리산 바위

나를 보며 웃는다

친구하잔다

11.

무더위 속 비
나무가 박수친다
새들도 함께

12.

도시락 여니

파리가 날아오네

혼자 먹나며

13.

어미 새 하나
모이를 물고 있다
아기 새 찍찍

14.

비가 내린다

도시에서 길 잃은

개구리 하나

15.

구름이 간다
무더위를 싣고서
가을 맞으러

16.

바다 너머로

내 그림자 보낸다

갈매기 편에

17.

모기가 문다
시인이 또 거짓말
하는 거냐며

18.

더운 여름날

모기가 찔러댄다

나도 덥다며

19.

가을바람이

아버님 산소에다

비를 내린다

20.

엄지손가락

네 동무는 누구니

새끼손가락

21.

제주감귤들
엄한 데 보내질까
꼭꼭 숨었네

22.

길상사 저녁

백석이 시를 쓰고

자야는 운다

23.

느티나무에
풍경 하나 걸렸다
바람 소리 후

24.

커피향이여
남미 어린이들의
검은 땀내여

25.

비둘기 우네

휴전선 철책에서

백두를 향해

26.

안개 낀 새벽
달이 누운 것 같아
저 가로등은

* 1997년 안식년을 얻어 미국 텍사스 오스틴에 머물 때였다.
  안개 자욱한 어느 날 아침, 아이들을 차에 태워 학교에 데려
  다 주었다. 당시 7살이던 딸아이가 차에서 내리면서 안개 속
  에 어렴풋이 드러나 있는 가로등을 보고 "달이 누운 것 같아"
  라고 말했다.

27.

아빠 옷에는

웃음가루 있나봐

하던 우리 딸

* 2002년 가락동으로 이사 오던 해, 딸아이와 집 근처의 오금
  공원을 산책한 적이 있었다. 딸아이는 그때 내가 하던 말이
  재미있었던지 웃음을 참지 못하면서 "아빠 옷에는 웃음가루
  있나봐"라고 말했다.

28.

국밥집 주모

청와대 안방에서

말춤을 춘다

29.

청와대 경내
풀, 나뭇가지조차
낯이 두껍다

30.

장관 청문회

파리가 마이크를

끄려고 하네

31.

도둑이 오호

도둑 잡아라 한다

달나라로고

32.

투표용지에
적격자 없음 란이
어이 없느냐

33.

거짓아 거짓아
유구무언이 되라
그리고 가라

요즈음 우리나라 돌아가는 양을 보면 답답하기만
하다. 다음은 2020년 7월 14일 내 블로그에 올린 글
이다. (아래의 글에 등장하는 '겉말러', '말뿐러' 등의 표현
은 요즈음 젊은이들이 사용하는 '악플러'(=악플+er), '혼술
러', '프로불편러' 등의 표현에 기대 만든 것이다. 나는 원래
이런 식의 조어에 호의적이지 않았으나, 경우에 따라서는
이런 표현들도 유용하게 쓰일 수 있겠다는 생각을 하게 되
었다.)

우리나라 출세의 조건

오늘날 우리나라에서 소위 출세를 하기 위해서는 일
단 그럴듯한 말을 잘해야 한다. 실제 생각이나 행동
과는 상관없이 그럴듯한 말을 잘하는 '겉말러'가 되
어야 한다. 또 항상 말뿐이어야 한다. 따라서 우리나
라 출세의 제1조건은 '겉말러', '말뿐러'가 되어야 한
다는 것이다.

말뿐이어야 하기 때문에 언행일치라는 덕목은 필요 없다. 대신 한 입으로 두 말하는 '한입두말러'가 되어야 한다. 과거에는 "일구이언은 이부지자"라고 하여 한 입으로 두 말하는 것을 경계했는데, 오늘날에는 출세를 위해 '일구이언러', '이부지자러'가 되어야 한다. 언제든지 말을 바꿀 수 있는 '하시딴말러'가 되어야 한다.

'내로남불'은 우리나라 출세의 또 다른 조건이다. '내로남불러'가 되지 못하면 출세를 할 수가 없다. 내로남불은 기본적으로 부끄러움을 몰라야 한다. 우리나라에서 높은 자리에 가기 위해서는 얼굴에 철판을 까는 '후안무치러', '독야뻔뻔러'가 되어야 한다. '수오지심러'는 결코 출세할 수가 없다.

'춘풍추상', 다시 말해 남에게는 춘풍, 즉 봄바람처럼 너그럽게 하고, 자신에게는 추상, 즉 가을 서리처럼 엄하게 하겠다고 겉말을 하면서 실제로는 남에게는 추상처럼 하고 자신에게는 봄바람처럼 하는 '남엔추상려, 나엔춘풍려'가 되어야 한다. '이중잣대려'가 되어야 한다. 혹여 자기의 잘못이 드러나더라도 안면을 몰수하고 오히려 큰소리치는 '안면몰수려', '적반하장려'가 되어야 한다.

이런 사회에서 권력의 곁불이라도 쬐기 위해서는 무엇보다도 진영논리에 충실해야 한다. 같은 편의 잘못은 잘못이 아니라고 강변할 수 있어야 한다. "우덜은 항상 무죄"라고 주장하는 '우덜무죄려'가 되어야 한다. 오랫동안 충성을 다했어도 '우덜무죄'의 원칙을 깨트리는 순간 즉각 파문되기 때문이다.

그러니 이런 세상에서 권력이 던져주는 빵부스러기라도 줏어먹으려면 당연히 '진실왜곡려'가 되어야 한다. 텔레비전이나 신문에는 오늘도 권력을 향해 아양을 떠는 빛 좋은 '진실왜곡러'들이 득실대고 있다.

　이런 세상에서 백석의 다음 시구는 많은 것을 생각하게 한다.

　산골로 가는 것은 세상한테 지는 것이 아니다
　세상 같은 건 더러워 버리는 것이다

점 위에 내가 있다

1판 1쇄 펴낸날 2021년 1월 8일

지은이 한학성

책만듦이 김미정 책꾸밈이 이민현

펴낸곳 채륜서 펴낸이 서채윤
신고 2011년 9월 5일(제2011-43호)
주소 서울시 광진구 자양로 214, 2층(구의동)
대표전화 1811.1488 팩스 02.6442.9442
E-mail book@chaeryun.com Homepage www.chaeryun.com

책값은 뒤표지에 있습니다.
ISBN 979-11-85401-54-6 03810

 채륜(인문사회), 채륜서(문학), 띠움(예술)은 함께 자라는 나무입니다.
물과 햇빛이 되어주시면 편하게 쉴 수 있는 그늘을 만들어 드리겠습니다.